18 Mai 1885.

CATALOGUE

DES

OBJETS D'ART

ET DE CURIOSITÉ

Plat rond en émail de P. Reymond

SCULPTURES EN MARBRE ET EN BOIS

BIJOUX — BRILLANTS — ORFÈVRERIE

BRONZES PAR BARYE

FAIENCES ITALIENNES — PORCELAINES DE CHINE

BRONZES ET MEUBLES

Dressoir et Banquette à panneaux gothiques

Tapisseries gothiques et Verdures

ÉTOFFES ANCIENNES

DONT LA VENTE AURA LIEU

HOTEL DROUOT, SALLE N° 2

Le Lundi 18 Mai 1885

A DEUX HEURES

Par le Ministère de Me PAUL CHEVALLIER, commissaire-priseur
10, rue de la Grange-Batelière, 10

Assisté de M. CHARLES MANNHEIM, expert, 7, rue St-Georges

EXPOSITION PUBLIQUE : Le Dimanche 17 Mai 1885
DE 1 HEURE A 5 HEURES

HOMO
ADDITVS
IMPRIMERIE DE L'ART

CONDITIONS DE LA VENTE

Elle sera faite au comptant.

Les adjudicataires payeront *cinq pour cent* en sus des enchères.

L'exposition mettant le public à même de se rendre compte de l'état des objets, aucune réclamation ne sera admise une fois l'adjudication prononcée.

Paris. — Imp. de l'Art. E. Ménard et J. Augry
41, rue de la Victoire, 41

DÉSIGNATION DES OBJETS

OBJETS D'ART

1 — Beau plat rond en émail de Pierre Reymond, peint en grisaille et représentant le Banquet des Dieux ; le marli à fond noir est chargé d'arabesques, de figures d'enfants et de chimères et porte un écusson armorié et les initiales de l'artiste. Le revers offre le même blason, au centre d'un motif à enroulements, mascarons et guirlandes de fruits, peint en grisaille, relevée d'arabesques en dorure.

2 — Marbre blanc. — Jolie statuette d'Amour dansant auprès d'un autel triangulaire, sculpture attribuée à *Clodion*.

3 — Bras de mur, en bronze gothique.

4 — Paire d'appliques à deux lumières en bronze ciselé et doré du XVIIIe siècle.

5 — Gaine en ivoire sculpté et découpé à jour à figures de cavaliers et ornements ; elle est montée sur un pied conique.

6 — Deux très grands chenets Louis XIII en bronze ; modèle à boules décorées de feuilles d'acanthe et pieds à mascarons et volutes.

7 — Porte et deux montants formés de vitraux avec encadrements en bois sculpté.

8 — Buste de femme, grandeur nature, en terre cuite, de l'époque Louis XVI.

9 — Beau vase à pans en marbre rouge veiné de blanc avec anses prises dans la masse, col et socle en bronze ciselé à patine brune.

10 — Recueil de cinq grandes feuilles imprimées avec encadrements dorés : État général de la situation des finances de la France au 1er janvier 1792, etc.

11 — Miniatures, émaux, boutons anciens, bronzes antiques et faïences diverses.

12 — Petit canon en bronze à ornements en relief, daté 1629 et portant des inscriptions gravées sous la République.

ORFÈVRERIE — BIJOUX

13 — Gobelet en argent repoussé à fleurs et feuillages.

14 — Autre à pied, en argent ciselé et gravé. Époque Louis XIV.

15 — Petite cafetière en argent repoussé à godrons en spirales.

16 — Cafetière en argent.

17 — Six coquetiers côtelés en spirales.

18 — Nécessaire à monture en bois d'acajou et bronze doré avec service en argent composé de : sept assiettes, cinq couverts, un légumier rond, quatre légumiers cintrés avec couvercles, deux coquetiers, un moutardier et sa

cuiller, un sucrier couvert, quatre couteaux à manches de vermeil, etc.

19 — Deux plats ovales en cuivre argenté et repoussé à feuillages.

20 — Paire de flambeaux Louis XIV en argent ciselé (vieux Paris).

21 — Broche, marguerite et feuillages en brillants.

22 — Deux boutons d'oreilles, formés chacun de huit brillants.

23 — Bracelet or gourmette avec améthyste et huit petits diamants.

24 — Environ vingt pièces: montres, broches, médaillons, cachets en jaspe et en cristal de roche, broche et collier d'émail, fermoir d'escarcelle, pommes de cannes, etc. (Seront divisées sous ce numéro.)

25 — Boîte ronde en écaille blonde posée d'or à galons semés de pois et ornée sur le couvercle d'une miniature : portrait de femme.

26 — Petit médaillon ovale orné d'une miniature: portrait de fillette.

FAIENCES ET PORCELAINES DIVERSES

27 — Coupe en faïence d'Urbino du XVIe siècle, représentant un sujet tiré de l'*Ancien Testament.*

28 — Petit plat en faïence d'Urbino du XVIe siècle, à décor à reflets métalliques rouge feu et bleu nacré, représentant des personnages qui entourent une femme, sur une place ornée d'un arc de triomphe.

29 — Même fabrique : Plateau de coupe représentant le Jugement de Pâris ; au revers, des enfants montés sur des dauphins.

30 — Petit plat à cavité centrale en faïence de Faenza, décoré au fond d'un écusson armorié ressortant sur un fond gris, relevé d'ornements d'émail blanc. Marli à fond bleu avec arabesques en grisaille et date 1534.

31 — Compotier octogone en faïence de Rouen.

32 — Plat en faïence de Faenza, à grotesques et cariatides sur fond blanc, avec médaillon central représentant un groupe allégorique de la Charité.

33 — Beau plat à bord contourné en faïence de Moustiers, à décor bleu dans le style de Berain.

34 — Petit plat en faïence de Moustiers, décor polychrome à bouquets.

35 — Assiette en faïence de Rouen, à la corne.

36 — Bassin ovale à bord contourné en ancienne porcelaine de Saxe, gaufrée en vannerie et ornée de cinq petits cartouches finement peints, scènes galantes Watteau.

37 — Grand vase cylindrique à couvercle en porcelaine de Dihl et Guerhard, décoré de médaillons dans le goût chinois et de guirlandes de fleurs.

38 — Bouteille de chasse en ancienne faïence italienne, décor polychrome à sujets mythologiques.

39 — Bassin ou vasque en ancienne faïence de Castel-Durante, supporté par trois griffes de lion et décoré au fond de naïades et de tritons et, au pourtour intérieur et extérieur, de trophées d'armes sur fond bleu.

40 — Tasse à deux anses et soucoupe en ancienne porcelaine de Sèvres, pâte tendre, décorée de médaillons à fleurs en réserve sur quadrillé, avec rehauts d'or.

41 — Deux vases à anses torsades, décorés en bleu, de figures chinoises, dans le style des faïences de Nevers.

42 — Écuelle en Saxe et une tasse en porcelaine décorée.

PORCELAINE DE CHINE

43 — Vase ovoïde à couvercle surmonté d'une chimère; il est décoré de deux compartiments en émaux de couleur, représentant des scènes familières, avec entre-deux d'arabesques en dorure. Monture en bronze doré.

44 — Deux cornets Chine, fond jaune, et médaillons à paysages et fleurs.

45 — Deux autres céladon, à paysages et animaux en bleu.

46 — Rouleau de la famille verte, oiseaux sur rochers, avec arbustes fleuris.

47 — Vase ovoïde, décoré d'arabesques en rouge de cuivre.

48 — Deux cornets cylindriques, décorés en bleu.

49 — Deux autres, forme balustre, aussi décorés en bleu.

50 — Gourde céladon fleuri.

51 — Six plats vieux Chine, à décor en bleu.

52-53 — Deux paires de chimères de la famille verte.

54 — Environ cinquante tasses vieux Chine. (Seront vendues sous ce numéro.)

53 — Paire de potiches à médaillons, vieux Chine, décoré en bleu.

56 — Neuf assiettes diverses, Chine, Japon et Saxe.

57 — Théières, pots à lait, buires, coqs, objets variés. (Seront divisés sous ce numéro.)

BOIS SCULPTÉS

58 — Cinq petits bas-reliefs de la Renaissance en bois sculpté et doré, à décor de chevaux marins, de chimères, de casques et de draperies.

59 — Deux jolis panneaux en hauteur de l'époque Louis XVI, en chêne sculpté, représentant des levrettes, au milieu d'arabesques, supportant des corbeilles de fleurs.

60 — Trois panneaux étroits d'encadrement, sculptés en haut-relief, à décor de pampres et d'oiseaux.

61 — Deux rosaces en bois sculpté : tête de Méduse.

62 — Deux torchères de la fin du XVIe siècle, en bois sculpté à décor de feuillages et montées sur pieds-consoles.

63 — Quatre statuettes en bois sculpté : les Saisons.

BRONZES PAR BARYE

64 — Centaure et Lapithe. — Groupe en bronze, patine verte, par Barye.

65 — Panthère dévorant un caïman. — Groupe en bronze, patine brune, par Barye.

66 — Cheval passant, par Barye, patine brune.

67 — Chien de chasse en arrêt. — Bronze de Barye, patine verte.

68 — Tigre qui marche. — Bronze de Barye, patine verte.

69 — Ratel dénichant des œufs. — Bronze de Barye, patine brune.

70 — Milan et Héron. — Groupe en bronze de Barye, patine brune.

BRONZES ET MEUBLES

71 — Beau cartel en bronze ciselé et doré du temps de la Régence, de forme contournée à ornements rocaille, rinceaux, feuillages et festons de fleurs; cadran portant le nom de *Duchemin, à Paris,* et surmonté d'un groupe de deux figures représentant l'Aurore et se détachant sur un fond simulant les rayons du soleil.

Haut., 91 cent.

72 — Paire d'appliques Louis XV, en bronze ciselé et doré à une seule lumière, en forme de tige feuillagée et contournée en spirale et garnie de fleurettes en porcelaine blanche.

73 — Commode Louis XVI en bois sculpté, aventuriné et doré en partie, à cordons de sequins, oves et guirlandes. Tablette en marbre.

74 — Glace dans un encadrement en bois sculpté avec trumeau, de l'époque Louis XV.

75 — Pendule Louis XIV de forme droite et socle d'applique en marqueterie de cuivre sur écaille garnie de bronzes. Cadran au nom de *C. Personne, à Amiens.*

76 — Grande pendule de l'époque Louis XIV, garnie de bronzes et à couronnement en forme de dôme, surmonté d'une cassolette; les pieds sont formés de cariatides de femmes ailées supportées par des consoles à volutes. Socle bas monté sur quatre pieds en bronze.

77 — Deux beaux chenets Louis XV en bronze ciselé et doré; modèle à statuettes d'enfants musiciens, à rinceaux et ornements rocaille.

78 — Paire d'appliques à deux lumières en bronze ciselé et doré de l'époque Louis XVI.

79 — Table à ouvrage, de forme ovale, plaquée d'ébène et incrustée de filets de cuivre.

80 — Deux baromètres Louis XIV en ébène à filets de cuivre.

81-82 — Deux lits de l'époque Louis XVI, en bois peint et ornés d'arabesques, de guirlandes et de griffons sculptés et dorés.

83 — Œil-de-bœuf en bronze et verre violet.

84 — Deux chenets en bronze, style Régence : enfants et chimères.

85 — Vase sphérique en bronze de style oriental, sur pieds trompes d'éléphants.

86 — Petit réveil en bronze de forme octogonale.

87 — Statuette d'Empereur romain en bronze doré.

88 — Coupe en porcelaine décorée, fond turquoise et médaillons à scènes pastorales, monture en bronze.

89 — Dressoir gothique en bois sculpté, orné de panneaux à motifs d'architecture ogivale et à écussons armoriés ; le bas du meuble ferme à deux portes décorées de colonnettes engagées.

90 — Garniture de cheminée en cuivre, de style Louis XIV, pendule, candélabres et chenets.

91 — Banquette à dossier élevé, composé de panneaux gothiques à fenestrages et inscriptions.

92 — Deux consoles du temps de Louis XVI, en bois sculpté et doré, ornées de guirlandes de fleurs et à dessus de marbre.

93 — Grand buffet a deux corps, en bois de chêne sculpté. Le bas a deux portes pleines et le corps supérieur a deux portes vitrées.

TAPISSERIES, ÉTOFFES.

94 à 97 — Suite de cinq petites tapisseries gothiques à figures allégoriques avec bordures à festons de fleurs.

Haut., 1 m. 75 cent.; larg., 1 m. 70 cent.

98 — Tapisserie gothique, représentant un sujet de fiançailles avec personnages en riches cos-

tumes du XVe siècle et bordure formée d'un feston de pampres.

Haut., 2 m. 60 cent.; larg., 2 m. 80 cent.

99 à 102 — Suite de quatre tapisseries, représentant des intérieurs de forêt avec oiseaux et animaux, encadrées en haut et sur les côtés d'une large bordure à figures d'enfants et fruits.

103 — Bandeau d'ancienne brocatelle à dessins jaunes sur fond rouge, avec franges.

104 — Pente en satin blanc du XVIIe siècle, brodée en soie de couleurs à fleurs et rinceaux; entourage en dentelle d'argent.

105 — Grand lambrequin en damas vert, orné d'une bande en dentelle d'argent et d'un effilé.

106 — Robe en soie du temps de Louis XVI, fond blanc à fleurs.

107 — Chasuble en velours vert uni du XVIe siècle, avec bande en soie rouge brodée et ornée d'applications.

108 — Portière formée de quatre lés en tissu de soie de la Renaissance, à fleurons et oiseaux sur fond bleu.

109 — Lot d'ancienne soie bleue brodée en fin, à gerbes de fleurs et arabesques.

110 — Parement de cheminée en broderie sur toile rouge.

111 — Deux pentes de damas jaune garnies de passementeries bleues.

112 — Manteau de brocatelle du XVIe siècle, à dessin de caractère oriental.

113 — Tapis en toile brodée bleu de la Renaissance.

114 — Napperon en toile brodée rose, représentant un arbre généalogique, XVe siècle.

115 — Grande toile peinte, décorée à l'imitation d'une tapisserie, avec cadre riche, doré, orné de guirlandes de fleurs.

www.ingramcontent.com/pod-product-compliance
Lightning Source LLC
LaVergne TN
LVHW020503230826
846091LV00008BA/3322

* 9 7 8 2 3 2 9 4 6 2 4 5 5 *